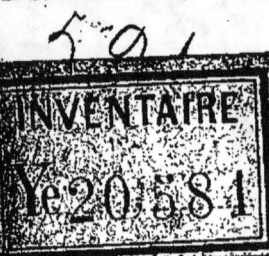
PENSER ET OUBLIER

POÉSIES

PAR

DUBOIS EUGÈNE

POÉSIES

Mauvais mais moi.

PENSER ET OUBLIER

POÉSIES

PAR

DUBOIS (EUGÈNE)

BRUXELLES ET LEIPZIG	PARIS
KIESSLING SCHNÉE ET C°	BORRANI ET DROZ
1, RUE VILLA HERMOSA.	9, RUE DES SAINTS PÈRES.

1855

CHANSONS D'ARCADIE.

AMOUR ET SAGESSE.

Au Cap de Sunium, douze sages austères
De Platon le divin méditaient les mystères.
L'astre du jour, plongeant au lit vermeil des flots,
Dorait leurs fronts rêveurs d'une sainte auréole ;
L'univers attentif recueillait leur parole,
La Nature et les Dieux reposaient sur les eaux.

— « Monde voilé des mers ! quel pilote sublime
Pénétra les secrets que cèle ton abîme ?
Quel rivage inconnu limite ta splendeur ?
Comme toi, la Sagesse est obscure et profonde.
Dans ce gouffre sacré quand on plonge la sonde,
On recule, on frémit de sa noire grandeur ! » —

— « Soleil ! la nuit t'endort sans nous faire connaître
Quel principe éternel, à l'aube, te fait naître.

Ta gloire éblouit l'œil qui se fixe sur toi,
Belle image du Dieu que mon esprit adore !
Nature et Déité , bien des siècles encore
Passeront devant vous, aveuglés comme moi. » —

Graves comme la Nuit, les paroles des sages
Se mêlèrent encore aux graves bruits des plages,
Jusqu'à ce que la Nuit eût obscurci le ciel.
Et pendant qu'ils parlaient, se parant de verveines,
Près de là , dans un bois, douze jeunes Lesbiennes
A Vénus l'amoureuse élevaient un autel.

La flûte au double son, la cymbale riante,
Près du gâteau de miel la myrrhe flamboyante ,
Deux ramiers de Paphos au plumage neigeux,
Et la libation de la vigne sacrée,
Tout est prêt : — « Commençons. C'est l'heure désirée.
O profanes, passez loin du séjour des dieux. » —

Drapés dans leurs manteaux, lents et muets, les sages
Passent en ce moment, le front ceint de nuages.
Ils s'arrêtent charmés de troubles inconnus :
— « Des sphères de Platon serait-ce le murmure ? » —

C'est, au sein du silence, une voix fraîche et pure
Qui chante, dans le bois, un cantique à Vénus.

— « Daigne abaisser les yeux sur notre sacrifice !
O Vénus ! Tous les cœurs, si tu nous es propice,
Vont s'élever à nous, comme la myrrhe au ciel,
Et nos jours couleront, radieux, pleins de vie,
Comme ce jus où bout le soleil d'Ionie,
Et nos heures seront douces comme ce miel.

« La plus divine, o toi, de toutes les déesses,
Se peut-il que l'on aille, oubliant tes ivresses,
Dans des songes sans prix perdre le prix des jours?
O doctes ignorants, dans des routes meilleures,
Étoilez d'un baiser le front riant des Heures :
La plus sûre sagesse est celle des amours.

« Et sur terre, où, sans yeux, le blanc Destin nous mène,
Le Plaisir seul est roi, la Beauté seule est reine :
Vénus, c'est le plaisir, Vénus, c'est la beauté !
Vénus, fais que longtemps encor, jeunes et belles,
Le triomphe et l'amour nous soient longtemps fidèles !
Qu'en nous, l'on rende hommage à ta divinité ! » —

1.

De la cymbale alors variant les cadences,
Le buis au double son régla le pas des danses ;
Une ronde folâtre enveloppa l'autel.
Mais, quand les blancs ramiers vers Paphos s'envolèrent,
De plus mâles accents, paraît-il , se mêlèrent
Aux concerts dont Lesbos enivrait terre et ciel.

Les sages où sont-ils ? — Les échos du Portique
Oublîront votre voix , o gloires de l'Attique ;
Au cap de Sunium vous n'êtes plus venus ;
Mais au bois séducteur vous revenez sans cesse.
Les sages , convertis , ont trouvé la Sagesse,
La nuit du sacrifice, à l'autel de Vénus.

PHALOÉ.

Phaloé descendait les sentiers de l'Hymète,
Souriante, légère et vive et, sur sa tête,
Balançant, d'une main, l'amphore aux flancs vineux ;
A l'autre suspendue, une fraîche corbeille

Suivait les ondoîments de sa taille d'abeille,
De ses longs cheveux noirs, de ses pas grâcieux.

— « Sois mon guide, o berger! murmure l'étrangère.
Samos est le pays où me berça ma mère ;
Je porte au Parthénon ce vin et ces fruits d'or ;
Mais le timide soir rend ma marche incertaine.
Par Jupiter, dis-moi la route vers Athène
Et fais, qu'avant la nuit, Pallas m'abrite encor ! » --

Jeune, le cœur brûlant, beau comme un dieu, Philaure :
— « Puisque tu t'égaras dans le soir, blanche Aurore ;
A te perdre si tôt pourquoi me condamner?
Dis, avant que Pallas te ravisse à ma vue,
Oh ! par Vénus, dis-moi, quelle route inconnue
Peut, quand l'Amour s'égare, à ton cœur le mener? » —

Le berger guida-t-il l'étrangère timide ?
L'étrangère au berger servit-elle de guide ?
Suivit-on le chemin d'Athène ou de l'Amour ?
On ne sait ; mais, auprès d'une amphore brisée,
Une ceinture blanche et de vin arrosée
Sur l'Hymète flottait, lorsque revint le jour.

L'ORCHOMÈNE.

Parmi les citronniers du beau lac d'Orchomène,
Qui se réveille aux feux de l'aube Arcadienne,
Un jeune et fol essaim de filles du vallon
Étendent, en jouant, sur la branche odorante,
Le lin, d'où l'onde encor ruisselle murmurante,
Et les tissus blanchis de la molle toison.

Le lac ne vit jamais de plus belles Naïades :
Mœra de son front blanc laisse, en doubles cascades,
Pleuvoir ses cheveux noirs sur sa gorge de lys.
La Nuit fit de ses yeux deux étoiles d'ébène,
Et sa taille et son air et sa beauté de reine,
Reine l'ont fait nommer des travaux et des ris.

Chlore a le rose éclat du voile qu'elle presse ;
Les blés près de mûrir ont coloré sa tresse ;

L'azur profond du soir flotte dans ses doux yeux.
Moins souple que Bdella sont les rameaux du saule,
Lorsqu'elle court, berçant sur sa mobile épaule,
Ou plongeant dans le lac, l'urne aux sons lourds et creux.

Dysis comme un roseau se relève et s'incline.
Plus loin, la jeune Eris, d'une branche mutine,
Frappe en riant Eïa, qui la gronde en riant.
C'est Théra, c'est Cléo, c'est la superbe Orée.
Toute une troupe enfin par Vénus décorée,
Et Diane eût cru voir sa cour en les voyant.

Par les joyeux discours les gais travaux avancent.
Au loin, les citronniers, sur leurs bras d'or, balancent
Le mélange brillant des limpides tissus;
Lorsque la folle Eris s'emparant d'une amphore :
— « Tiens ! dit-elle à Mœra, c'est ainsi que l'Aurore
Distille la rosée au front des bois touffus. » —

Et, surprise, voilà Mœra soudain pareille
A l'orageuse Iris, quand, riante et vermeille,
Elle tremble au milieu des eaux de l'horizon.
Le rire, en frais éclats, roule sur l'Orchomène :

Bdella se pâme et tombe, Eïa se tient à peine
Et comme un faon, Eris se tord sur le gazon.

Mais feignant le courroux, Mœra : — « Fille coupable,
Va, subis un supplice à ton crime semblable !
L'Orchomène, mes sœurs, lavera mon affront. » —
Eris crie et bondit et fuit. Vingt bras rapides
L'arrêtent et bientôt, de ses ondes avides,
Le lac, en frémissant, baise son joli front.

— « Si c'est là te venger, dit l'espiègle, o ma Reine,
Ta vengeance est bien douce et jamais l'Orchomène,
Par un matin brûlant, n'eut d'aussi fraîches eaux.
Qu'ils plaisent mieux ici les parfums du rivage !
Croyez moi, suspendez vos voiles au branchage,
Et dansons, o mes sœurs, et chantons, dans les flots. » —

On l'écoute ; elle insiste ; on tremble encore, on sonde
Les épais citronniers et la grotte profonde,
Qui des pâtres seraient l'astucieux séjour ;
Quand Mœra, que déjà l'urne rend moins timide,
Quitte enfin, sans regrets, son vêtement humide.
Orchomène, combien t'embellit ce beau jour !

Car, Mœra l'entraînant, toute l'ardente foule
S'élance dans tes flots et s'y plonge et s'y roule ;
Au loin ta folle écume avec leur voix jaillit.
Sur leurs seins palpitants , leurs épaules , leurs hanches,
Ton amoureux cristal roule ses perles blanches
Et, sous tes plis jaloux, leur pied blanc tremble et luit.

— « Triomphe ! dit Eris , je triomphe , cruelles !
Toutes, vous partagez mon doux supplice, o belles !
Or donc, pour aggraver nos charmantes douleurs,
Chante, o Reine..... des eaux, au milieu de nos rondes. » —
Elle riait. — Soudain se plongeant sous les ondes :
— « Là bas, voyez là bas !.... O Diane !.... O mes sœurs ! » —

Elle indiquait du doigt, dans la grotte prochaine,
Deux yeux ardents et noirs , fixés sur l'Orchomène
Et toutes , l'imitant et plongeant sous les flots,
Ont répété ses cris : — « O mes sœurs !.... O Diane !.... »
Etait-ce pour maudire et chasser un profane ?
Etait-ce pour tromper Diane et les Echos ?

On dit qu'en ce moment, un nuage d'abeilles
Aux fleurs des nénuphars les trouva si pareilles,

Qu'il couvrit leurs fronts blancs de ses baisers mielleux ;
Qu'un rossignol, ami des fontaines voisines,
Crut voir sortir des eaux ses maîtresses divines
Et vint les saluer d'un chant fait pour les dieux.

Mais, revenant bientôt des premières alarmes :
— « C'est Léo, dit Mœra, qui, d'inutiles larmes
Me fatigue, depuis les dernières moissons. » —
— « C'est Lyris, dit Cléo, qui trop souvent m'arrête.
— « Non pas, c'est Hélénor, le rapsode de Crète,
« Qui sème, chaque soir, mon seuil de ses chansons. » —

— « Oh! j'ai bien reconnu l'amoureux d'Épidaure » —
— « Non certes, c'est Egon, que j'aime et qui m'adore,
Dit la naïve Eris. — « Pars! rougis de nous voir! » —
Tant qu'à ce bruit coquet d'indiscrètes querelles,
Le chœur riant vit fuir, tremblant déjà plus qu'elles,
Le faon qui les suivait d'un œil ardent et noir.

ORGIE ANTIQUE.

— « De roses couronnons nos tempes alanguies !
Esclave , verse encor, des amphores vieillies ,
    Les trésors pourprés de Chios !
Evoé ! que le choc de nos coupes joyeuses ,
Evoé ! que l'éclat de nos voix amoureuses
    Égaie au loin les tristes flots !

« Néère, chante-nous, sur le mode de Thrace ,
La fugitive Hébé-, dont l'Amour suit la trace ;
    Tous deux, hélas ! craignent le Temps.
Chante-nous ta déesse Erycine , o Néère.
Sur la lyre, déjà la rieuse Glycère
    Prélude aux hymnes éclatants.

« Érycine et Bacchus : voilà les dieux suprêmes !
Voilà mes dieux ! Buvons ! Au sein des foudres mêmes ,

2

Jupiter s'enivre amoureux.
Aimons! Voyez : le Jour plonge amoureux dans l'onde.
Mais dorment les flambeaux ! De Diane la blonde
    Vénus la belle aime les feux. — »

Néére chante alors. Ses lèvres provoquantes
Animent aux ébats, aux rondes délirantes,
    Aux molles rondes de Vénus.
Les Grâces ont guidé le chœur sur la pelouse,
Et l'Amour a souri , quand la Lune jalouse
    A rayonné sur leurs seins nus.

Les pauvres nautoniers, regagnant leurs cabanes,
Croyaient voir, près des mers, bondir, sous les platanes,
    Des Naïades et des Amours.
Aujourd'hui, voyageur, viens sur la grève immense :
Plus d'arbres, de palais, plus de chants, plus de danse ;
    Mais les flots sont tristes toujours.

PENSER ET OUBLIER.

PENSER.

Immenses monts, où dort la neige séculaire,
Sur vos célestes pics je voudrais m'élancer,
Plus haut que le condor, m'élancer solitaire,
Et là, touchant le ciel, étranger à la terre,
          Penser !

Solitude des eaux rarement parcourues,
Loin dans tes profondeurs je voudrais m'avancer,
M'avancer jusqu'au sein des vagues inconnues,
Où jamais un esquif ne vint se balancer,
Et là, seul, au milieu des mornes étendues,
          Penser !

Vide des grands déserts, d'où la vie est absente,
Dans tes réduits secrets je voudrais m'enfoncer,
Plus loin que jamais n'erre une gazelle errante,
Que jamais voyageur ne déploya sa tente,

                                        2.

Où rien que le soleil ne viendrait à passer,
Et là, seul, contemplant ta grandeur imposante,
    Penser !

Alors, de l'accablant, de l'éternel mystère,
Que sur l'homme et le monde a jeté le Très-Haut,
Esprit, — hôte divin d'un atôme de terre, —
Qui sait si l'Infini ne t'apprendrait un mot ?

OUBLIER.

Penseur, la paix de l'âme est dans l'inerte Oubli ;
Mais l'Oubli rarement te couvre de ses aîles.
De doute et de souffrance assiégé, tu l'appelles,
Sous les dieux foudroyants quand ton âme a faibli,
Quand ton dernier espoir dans l'orage a pâli ;
Mais l'Oubli rarement te couvre de ses aîles.

ROSES DU CŒUR.

Douces Illusions, consolantes chimères,
Du printemps de la vie, o roses éphémères,
Oh! déjà dans mon cœur cessez-vous de fleurir ?
Ne vous effeuillez point, ne venant que d'éclore ;
Ne vous effeuillez point, car je suis jeune encore,
Je veux de vos festons couronner l'Avenir.

1845.

UNE ÉTOILE.

Sur la mer de la vie, où flottent nos nacelles
Vers des bords inconnus, où la Mort nous attend,
Les brises du Bonheur nous sont bien peu fidèles,
Le vent de l'Infortune, hélas! est si constant!

Mais quand son souffle amer tourmente notre voile,
Lorsque la nuit d'orage étend son dôme noir,
Souvent, à l'horizon, vient sourire une étoile
Dont l'enivrant éclat rend la joie et l'espoir.

Toi, qui vogues plaintif, dans ta nacelle sombre,
Crois-moi, jeune rameur, tu chanteras un jour :
— « Que me peuvent, o mer, les orages et l'ombre?
J'ai vu briller au ciel mon Étoile d'Amour! » —

————

L'AIGLE ENCHAINÉ.

I.

Aigle, que, dans ce coin, sans gîte, sans ombrage,
Un caprice égoïste enchaîna pour toujours,
Insensible au soleil, insensible à l'orage,
Sans cesse tu parais peser ton esclavage
    Et la tristesse de tes jours.

Je viens auprès de toi méditer en silence,
Tandis qu'au loin s'étend la gravité du soir.
Près d'un être souffrant, on sent moins sa souffrance,
    Et tu languis, sans espérance,
    Comme je souffre, sans espoir.

Oh! ne relève point tes plaintives prunelles
    Vers ces heureuses hirondelles,
Qui portent la becquée aux oisillons joyeux;
Ne les détourne point vers ces ondes, où passent
Des cygnes murmurants, dont les cous s'entrelacent;
Ces regards, pauvre oiseau, me sont trop douloureux.
Ne gourmande point l'air de ton aile sonnante,
Quand tu songes peut-être à tes aiglons lointains;
Ne creuse point le sol de ta serre mordante,
En secouant ces fers, lents et froids assassins
    Tes seuls regards te font comprendre :
Aigle, ta liberté je voudrais te la rendre;
D'autres lois que mes vœux ont réglé tes destins!

Oh! quand, las de dormir sous l'aile maternelle,
Tu voulus éprouver tes serres et ton aile

Et que, fier et hardi, te mettant à voler,
Loin de ton roc natal, tu portas, solitaire,
Ta fierté, ton audace et ton aile et ta serre
      Et ton cri qui fesait trembler;
Oh! qui l'eût dit? Qu'un jour ton aile menaçante
Traînerait dans la poudre, affaissée, impuissante;
Que ta serre devrait sous les chaînes faiblir!
Qui l'eût dit? qu'arraché de ton brillant domaine,
Roi de l'air, tu n'aurais qu'un vieux tronçon de chêne,
Pour y vivre en ilote et de rage y mourir!

Et toi, qui t'élevas comme un vent de tempête,
Sans savoir où borner ton vol audacieux,
Qui, né dans l'Orient serais nommé : prophète,
Pour qui Rome eût brisé les autels de ses dieux!
Escorté de terreur et de chants de victoire,
Lorsque tu promenais tes armes et ta gloire,
Du sommet des glaciers jusqu'au sein des déserts,
Et lorsqu'enfin, monté jusqu'au suprême faîte,
Tout épiait, soumis, un signe de ta tête,
Et qu'un pli de ton front ébranlait l'univers,
Qui t'eût dit : — « Tu perdras ton puissant diadème
Ta patrie et ton nom et ta liberté même;

Tout ! Aux fers ennemis ton bras doit s'engourdir,
Et l'on te jettera, toi, l'arbître du monde,
Sur un roc ignoré, loin dans la mer profonde,
Pour y peser ta gloire et dans l'ombre y mourir ? » —

Dans l'ombre ? Oh ! non. — Pour moi, tu brilles plus splendide
Sur ce roc sépulcral,
Que sur la pyramide,
Où désormais du bruit de ton pas triomphal
Un écho sans pareil sonnera d'âge en âge ;
Ce roc, au sein des mers, de ta géante image
Serait le plus beau piédestal.

II.

Mais voilà, qu'attristant les naissantes ténèbres,
De la lointaine tour les triples voix funèbres
S'épandent en dolents accords.
Cloches de la douleur, pourquoi pleurer les morts ?
L'aigle gémirait-il si je brisais sa chaîne,
Si je disais : — « Revole à ton brillant domaine !

Sois roi de l'air encore et des monts et des bois ? » —
Nous donc, pourquoi pleurer, quand la Grande Parole
Dit à l'âme en exil : — « Romps tes liens ! revole
      « Aux félicités d'autrefois ! » —

Aigle enchaîné, — de l'âme, o magnifique emblême ! —
Mon âme s'est en toi reconnue elle-même ;
      Elle souffre d'un mal divin.
Une ardente pensée, un désir, un instinct,
Un vague souvenir me poursuit, me harcèle.
Aigle captif aussi, mon âme bat de l'aile,
Maudissant, comme toi, ses fers et son destin.
      C'est le ciel, qui fut son empire ;
      C'est au ciel, que mon âme aspire ;
      C'est au ciel, qu'elle veut encor,
Jettant, avec orgueil, les fanges de la terre,
Reprendre, au sein des flots d'éternelle lumière,
Sa première splendeur, son éternel essor.

                    1846.

III.

Oui, la terre est bien belle aux regards du poète ;
La vie et l'avenir ne sont pas sans douceur.
La gloire lui promet une immortelle fête
    Et l'amour les fêtes du cœur.
Et pourtant, si tantôt l'Épouse Inévitable,
Qui même au Désespoir paraît épouvantable,
La Mort me présentait l'indissoluble anneau,
Je rendrais grâce à Dieu de voir ma destinée,
Par le funèbre hymen, dans sa fleur moissonnée
Et marcherais gaîment à l'autel, mon tombeau.

La Mort n'est pas pour moi cette blême faucheuse,
Laissant sur son passage, effroyable et hideuse,
Un sillon continu de deuil et de douleurs ;
La Mort, — Beauté céleste à la voix consolante, —
Chemine à mon côté, fidèle et douce amante,
Murmurant, quand je souffre : — «Ami, regarde ailleurs ! »—

Et si mon âme, à peine au seuil de cette vie,
D'un étrange dégoût est parfois poursuivie,

3

Même en ce que je vois de plus Beau, de plus Grand,
C'est que ma Foi sent trop qu'il n'est point, en ce monde,
Un bonheur qui ne soit infortune profonde,
Auprès de ce bonheur, qu'on retrouve en mourant;
Que Grandeur, ou Beauté n'est que chimère vaine,
Sombre et trompeuse nuit, ce que nous croyons jour;
Que notre amour enfin le plus pur n'est que haine,
Auprès de l'Éternel Inconcevable Amour !

1846.

NUIT D'AMOUR.

Oh ! reste près de moi! Reste, je t'en supplie !
Vois, la nuit est si calme et le ciel est si doux.
Reste encore un instant, un seul! Tout t'y convie :
Et l'ombre parfumée et la brise attiédie
      Et moi, qui t'implore à genoux.

Pourquoi déjà quitter cet abri tutélaire ?
La Nuit silencieuse aime mieux que le jour.

La nuit, nos seuls soupirs troublent le saint mystère,
Où l'on entend le ciel murmurer à la terre
   Son éternel serment d'amour.

Écoute, près de nous, la plainte harmonieuse
De l'oiseau des amants, dont tu chéris la voix.
Oh! que je presse au moins ta lèvre gracieuse,
Pendant qu'il chantera notre ivresse joyeuse
   Aux échos amis de ces bois.

Déjà cesserait-il! — Ah! reste, attends encore!
Nulle âme ne soupire après ton prompt retour.
Reste près de l'amant, qui pleure et qui t'adore!
Ensemble, il est si doux de voir poindre l'aurore
   Et bientôt reviendra le jour.

Hélas! comme un beau songe, aux aîles trop légères,
On voit l'âge d'aimer trop tôt s'évanouir.
Saisissons donc au vol ses heures passagères.
On regrette souvent les roses printanières,
   Qu'on vit briller sans les cueillir.

Si la trop longue veille, ou nos courses errantes
Ont lassé ta paupière, ont fatigué tes pas,
Rapproche de mon cœur les tresses ondoyantes,
Viens, enlace mon cou de tes mains caressantes,
Clos ta paupière dans mes bras.

J'écarterai de toi le nocturne phalène
Et les jalouses fleurs qui voileraient ton front.
Mon cœur te bercera de sa plus douce haleine
Et, lorsque l'aube blanche éveillera la plaine,
Mes doux baisers t'éveilleront.

BATAILLE !

(IMPROVISATION INCORRIGIBLE).

Bataille ! — Pourquoi donc, à ce mot, malgré moi,
Sens-je bondir mon cœur plein d'un sauvage émoi,
Jusqu'au fond de mon sein mon souffle qui s'enflamme,
Mon sang, comme en torrents, dans mes veines courir,

Tous mes nerfs se crisper, tout mon corps tressaillir,
Et brûler mes regards des ardeurs de mon âme ?

Bataille ! — Est-elle en nous , comme dans le lion,
Cette soif de carnage et de destruction,
Qui donne à ses clameurs leur timbre épouvantable ?
Aux combats sommes-nous fatalement poussés ,
Comme, aux airs orageux, les frimats entassés
Roulent aveuglement au choc inévitable ?

Bataille! — Es-tu fléau ? — Bataille ! — Es-tu bienfait ?
Bataille ! — Est-ce le Ciel ou l'Enfer qui te fait ?
Eh ! qu'importe ! Je t'aime ! — infernale ou céleste. —
Oui , Bataille ! — Je t'aime ! — Et pourtant je n'ai pas
Les instincts du lion , ni l'amour des combats :
J'ai l'amour de la Mort ; — la Mort vole à ton geste. —

Ainsi, j'aime la mer, autre champ de hasards ;
Ainsi, j'aime la foudre et ses lugubres dards,
Du chêne, qui me couvre, environnant la cime ;
Ainsi , le bord du roc, où je vais m'attacher,
Non, pour avoir ces fleurs, que j'en veux arracher,
Mais le roc est glissant..... et sous moi, c'est l'abîme.

3.

Bataille ! — Mon désir serait que, dans ton sein,
Se terminât d'un coup mon funeste destin.
A moi, boulets ! à moi, grenade meurtrière !
Quand des miens la victoire égaira les clairons,
Quand, seuls et foudroyants, mugiront leurs canons,
Que mon râle se mêle à leur dernier tonnerre !

Oui, le cri solennel et terrible des flots,
Ou l'éclat de la foudre, enflé par les échos,
Ou trompes et tambours et canons et mitraille,
Célèbrent bien l'esprit revolant vers les cieux :
Des hourras de triomphe et non des pleurs d'adieux !
Non le glas gémissant, mais l'Hymne de — Bataille ! — -

1847.

SUR UN MANCHE DE POIGNARD.

A SAMUEL.

Pauvre et joli pied de chamois,
Lorsqu'à peine des monts frôlant la neige blanche,
Tu passais comme l'avalanche,
Qu'au poignard meurtrier tu servirais de manche,
Qui l'eût jamais dit, autrefois?

Ah! plus jamais, comme autrefois,
Maintenant qu'au poignard tu dois servir de manche,
Ne passe comme l'avalanche;
Mais reste toujours pur, comme la neige blanche,
Pauvre et joli pied de chamois!

VOIX DES AIRS.

La brise vient, traînant, du haut de la colline,
Les sons lents et plaintifs d'une cloche voisine. —
La voix des airs se tait. — Une autre heure n'est plus !
O voix mélancolique, il semble que tu pleures
Sur les nombreux soupirs et les rêves déçus,
Qu'emporte, en se voilant, le cortège des heures.

A DEUX SUR MER.

Viens près de moi voguer, ma belle !
A deux sur mer, dans la nacelle,
C'est si doux, au déclin du jour.
Entends les ondes aplanies
Ont de si molles harmonies,
Qu'elles semblent parler d'amour.

Les solitudes de la terre
N'ont point de l'Océan austère
L'isolement religieux ;
Perdus sous de muettes voiles ,
Entre l'abîme et les étoiles,
Il semble que l'on s'aime aux cieux.

Oh ! viens, laisse tes boucles blondes
Pleuvoir en gràcieuses ondes
Sur mon bras, où penche ton front ;
Tandis qu'un rayon les éclaire
De la pâle et rose lumière ,
Qui flotte au limpide horizon.

Laisse de ta lèvre sonore,
Frais comme les bruits de l'aurore ,
Glisser quelques chants incertains ;
Ta voix solitaire et sereine
Gagne une douceur surhumaine ,
Si loin de tous les bruits humains.

Laisse ton regard et ton rêve
Suivre la vague qui se lève

Et fuit mollement loin de toi ;
Et le vol léger des arondes
Et les algues, fleurons des ondes...,
Pour revenir toujours sur moi.

Les Ages sont les mers hostiles
Où, comme des algues fragîles,
Flottent les heures de l'amour ;
Recueillons l'algue fugitive,
Savourons l'heure qui dérive :
Elle dérive sans retour !

PLAINTE UNIVERSELLE.

Soit que les flots des mers roulent, vastes et sombres,
Aux bords, où du Passé planent les grandes ombres,
Sur de croulants donjons, sur des temples détruits ;
Où d'effrayants récifs, vieux rois de la tempête,

Dressent leur lugubre crête,
Que les vautours marins assiègent de leurs cris ; —

Soit, qu'aux bords indolents où l'orange se dore,
Où jamais ne s'éveille une orageuse aurore,
Où la rose et l'amour ne cessent de fleurir,
Les vagues de la mer, calmes et transparentes,
Parmi les mousses odorantes,
Viennent mollement s'endormir ; —

N'est-il point dans leur triste ou terrible harmonie
Une voix de détresse ou de mélancolie
Qui ne cesse de retentir ? —

C'est l'éternelle voix de douleur, de colère,
C'est la voix que j'entends dans la Nature entière ;
C'est l'Univers qui souffre et qui gronde ou gémit,
Comme nous, les enfants de son giron maudit.

HEURE SOLENNELLE.

Oh! de grâce, chantez encore!
Chantez! et, du soir à l'aurore,
Vous nous verrez, ravis, écouter votre voix.
Chantez! c'est l'heure habituelle,
Où, de ses plaintes, Philomèle
Arrête le rêveur, qui vagué par les bois.

C'est l'heure, où le Sylphe s'éveille,
Et du jeune amant, qui sommeille,
Vient enivrer le cœur de sons mystérieux;
C'est l'heure, où l'Esprit d'Harmonie
Reprend sa lyre d'Ionie,
Pour dire, aux bords des mers, son hymne radieux.

L'heure où, sous le doigt du Mystère,
Tous les plus doux bruits de la terre
Naissent pour nous surprendre et pour nous enchanter;
C'est l'heure pure et recueillie,
Où le cœur aime, rêve, ou prie;
C'est l'heure où l'ange chante, où vous devez chanter!

Paris, nuit du 25 Février 1848.

. . . .

. . . .

Ainsi sa voix, ses yeux fesaient vibrer ma lyre.
A ces échos du cœur elle daigna sourire
Et ce soir m'endormit dans des rêves d'amours.
Or, l'heure où nous chantions couvait un de ces jours,
Qui, — des fastes du monde ensanglantant les pages, —
Ouvrent une autre route à la marche des âges;
Et je me réveillai de mon rêve brûlant,
Au bruit des chants de mort, près d'un trône croulant[1]

1854.

FONTAINE-MALLET.

(SOUVENIR DE NORMANDIE).

A SAMUEL.

Fontaine-Mallet, doux village,
Qui dors au penchant des coteaux,
Comme dans le sein du feuillage
Repose un joyeux nid d'oiseaux;

4

Je songe à ces belles journées,
Où ta clochette, au loin vibrant,
Guidait, sur les feuilles fanées,
Nos pas et notre songe errant ;

Quand sous l'ombrage des Hallades
Nos cœurs, qui s'entendaient si bien,
Des hasards de nos promenades
Formaient notre libre entretien.

Ah ! qu'ils sont doux les bruits d'automne
Et le deuil du bois assombri,
Où le soleil mourant rayonne,
Lorsqu'on rêve, au bras d'un ami !

Je vois encore et ces allées
Vides au loin de tout passant,
Et ces pelouses isolées
Où la génisse allait paissant ;

Ces chênes, que de son hermine
Déjà la mousse recouvrait,

Et la pente de la colline
D'où le hameau se découvrait.

O le plus aimé des villages,
Ensemble encor, si nous pouvions
Trouver, un jour, sous vos ombrages,
Les rêves que nous y trouvions!

Depuis qu'après l'adieu de France
Des bords divers nous ont reçus,
Que de fois notre souvenance
Pleura ces doux rêves déçus!

Non loin des mers Dieu me fit naître;
Aux Alpes naquit Samuel.
Jamais nous ne devons peut-être
Vivre encor sous un même ciel.

Mais sois toujours, o Normandie,
Toi qui nous fis jumeaux de cœur,
Ah! sois à jamais la patrie
De nos souvenirs de bonheur!

DEUX SYLPHES.

(BALLADE EMBRUMÉE).

Les brumes de la nuit sur les grands prés ondulent,
Et les rayons de lune indolemment circulent
Sur les grands prés, la brume et les lointains boisés,
Qui bornent vaguement les horizons gazés.
Et dans la nuit, la brume et le pré solitaire,
Nous passons. — Quelqu'un fuit. — C'est là, vers sa chaumière,
Une enfant, s'écriant, pâle et le cœur glacé :
— « Ferme l'huis, mère! Au loin deux Sylphes ont passé! » —

Un jour, tu passeras, o jeune fugitive,
Riant au souvenir de cette heure craintive,
Tu passeras de même avec ton Sylphe aimé,
Par le grand pré de brume et de lune semé.
Évite alors le seuil, où veillera ta mère,
Qui ne te croira plus, lorsqu'au pré solitaire
Demandant quel beau couple en silence a glissé,
Tu diras : — « Mère, au loin, deux Sylphes ont passé. » —

Octobre.

LA FEUILLE MORTE.

BALLADE.

— « Belle enfant, qui me fuis, où vas-tu dans ces bois?
  Suis-tu le chœur des Elfes blanches?
Ton rire est sans pitié, mais si doux, qu'à ta voix,
  L'oiseau vole de branche en branches.
La grâce est sur ton front, l'amour est dans tes yeux.
  Pourquoi donc me fuir? Je n'apporte
Que prière, servage et tourments amoureux.

Entends, o fleur d'amour, tomber la feuille morte!

Laisse éclore ton cœur, où l'amour germe encor,
  Pareil à la perle limpide
Que garde l'Orient, dans une écaille d'or,
  Loin des yeux du pêcheur avide.
Et l'amour est si doux! Aime-moi, belle enfant!
  Du ciel l'Amour garde la porte;
A l'Aube il l'ouvre, au Soir, hélas! il la défend.

Entends, o fleur d'amour, tomber la feuille morte! » —

4.

— « L'Amour garde le ciel, mais c'est le ciel des pleurs. »
    — « Le Bonheur aime aussi les larmes. »
« La douce Indifférence est le repos des cœurs. »
    — « A le perdre il est tant de charmes. »
— « L'Amour et les Oublis vont le même chemin. »
    — « Non quand la Constance l'escorte. »
— « Demain, bel étranger... » — « Où serons-nous demain?

Entends, o fleur d'amour, tomber la feuille morte ! » —

Peu d'aurores après, un cercueil, dans les bois,
    Troublait le chœur des Elfes blanches,
Et, surpris dans son vol, par de funèbres voix,
    L'oiseau se cachait sous les branches.
Un étranger suivait, en pleurant, le cercueil :
    — « L'Amour venait; la Mort l'emporte !
Ta robe de fiancée est, hélas ! un linceuil.

Va, pauvre fleur d'amour, où va la feuille morte ! » —

MÉDITATION POÉTIQUE.

Le long des lacs mélancoliques,
Quand sonnent les cloches du soir,
Quand de grands nuages mystiques
Font planer des teintes magiques
Sur les grands chênes au front noir ;

Quand sur les flots glauques et sombres
Les saules étendent leurs ombres
    Et leur funèbre bruit,
Et qu'aux prés , se lèvent les Ombres
Que la Mort laisse errer la nuit ;

Quand la haute tour de la ville
Dresse , dans l'horizon lointain,
    Son front d'airain ,
Son front inflexible, immobile ,
Comme le grand doigt du Destin ;

Quand plus un oiseau ne chantonne,
Mais que le gris Septembre entonne
Sa longue note monotone,
De sa grêle voix de grillon ;
Bref, quand Dame Nature est triste,
Même à morfondre le Psalmiste
Pleurant la chûte de Sion ;.....

Je me dis qu'il est préférable
D'être dans un boudoir aimable,
Avec Néère ou Madelon,
Que d'exhaler des bucoliques,
Le long des lacs mélancoliques,
En errant seul..... comme un héron.

A UNE PASSAGÉRE.

(IMPROMPTU).

Recevez mes adieux, aimable passagère,
Avec qui j'ai quitté les bords de mon pays.

Quand la nef nous reçut, vous m'étiez étrangère,
    Et nous nous séparons amis.

C'est assis près de vous que j'ai vu disparaître
    Mes vieilles tours sous le lointain des eaux,
Et nous avons causé des fleurs de ma fenêtre,
Tandis que nous berçait l'immensité des flots.

C'est peu, direz-vous, mais, en pareille journée,
Un rien peut quelquefois nous paraître un trésor :
    Rien qu'une orange alors donnée,
Pour notre cœur ému, se change en pomme d'or.

    Vous m'avez fait don d'une orange.
    J'ose vous offrir, en échange,
Ces quelques vers éclos sur les flots écumeux.
    Puissent-ils, aimable étrangère,
Ne point glisser, pareils à l'écume légère,
    Indifférents devant vos yeux.

En mer.

UN PSAUME.

(BALLADE GASCONNE).

Tu pendais à mon cou, ma brunette rieuse,
Comme une grappe d'or au thyrse de l'Amour ;
Je voyais tes grands yeux de gazelle amoureuse
Se fermer, palpitants, se r'ouvrir tour-à-tour ;
Je voyais scintiller, sous tes lèvres mi-closes,
      Tes dents de nacre et de saphir,
Comme, entre le satin de deux feuilles de roses,
      Un écrin de perles d'Ophir.

L'horizon se teignait des blancheurs de l'aurore ;
Déjà les premiers chants s'éveillaient aux buissons :
— « O nuit ! divine nuit, disais-je, voile encore
« Du jour qui nous surprend les profanes rayons ! » —
Cette nuit m'avait fait, Sylphide bocagère,
      L'hôte de tes foyers amis ;
Cette nuit emportait plus d'un charmant mystère,
      Dans le mystère de ses plis.

Nous ne pouvions finir cette nuit fortunée !
Jusqu'au bout du sentier vingt fois guidant mes pas,
Vingt fois, par tes baisers ou les miens ramenée,
Le doux seuil te voyait retomber dans mes bras.
Quand le bruit d'une voix te fit, toute vermeille,
      Disparaître au bosquet voisin,.....
Et je partis au trot, bousculant une vieille
      Qui mâchait un psaume latin.

ADIEU, SPLENDIDE NUIT !

Adieu, splendide nuit ! En moi je sens s'étendre
      Du sommeil que tu viens répandre
      Les caresses et les langueurs ;
Quand si belle et si pure à nos yeux tu rayonnes,
      Des pavots dont tu te couronnes,
      Ah ! pourquoi nous jeter les fleurs ?

Dans ces vallons , à peine un voyageur encore ,
    Ralentit sa marche sonore
    Pour te contempler en passant ;
A son balcon peut-être une rêveuse assise
    T'admire , en livrant à la brise
    Le secret d'un amour naissant.

Ou le Silence , — o nuit pour le néant formée , —
    La Solitude inanimée ,
    L'Oubli , te couvrent-ils au loin ?
Passes-tu dans le ciel, inconnue et muette ,
    N'ayant que le cœur d'un poète ,
    Que l'œil de Dieu pour seul témoin ?

Ah ! qu'il est , comme toi, de beautés sur la terre ,
    Que voile un éternel mystère
    A tout regard admirateur !
Achève donc en paix, sous la loi qui te guide ,
    Ton cours solitaire et splendide ,
    O Gloire de ton Créateur !

Blackheath. — Ivy Cottage.

LE PARC D'ORCHER.

(SOUVENIR DE NORMANDIE).

Assis sous les grands ombrages,
Les beaux ombrages d'Orcher,
Je voyais, sous les nuages,
Les plus ravissants nuages,
Le grand soleil se coucher.

De mille notes perlées,
Les oiseaux, gagnant leurs nids,
Fesaient vibrer les allées,
Les longues et claires allées,
Les bocages rembrunis.

Dans la sonore verdure,
Mon cœur aimait à trouver

Ces cadences, ce murmure,
Cet insensible murmure,
Qui fait doucement rêver.

Et, de ses splendides gerbes,
Lentement le grand soleil
Embrâsait les bois superbes,
Les monts et les cieux superbes
Et la Seine au flot vermeil.

Et ce beau fleuve de Seine,
Hautes falaises d'Orcher,
A vos pieds sonnait à peine,
Et la mauve osait à peine
A son flot vermeil toucher.

Mon âme semblait s'épandre
Avec l'astre, sur les eaux ;
Tant que je le vis descendre,
Comme un dieu vaincu, descendre
Sous l'horizon d'or des flots.

Alors j'eus l'âme oppressée,
Mon cœur allait défaillant ;
Quand me vint une pensée,
Une vermeille pensée,
Et je dis en souriant :

L'heure est propice ; — sans doute,
Ne respirant que tout bas,
Un jeune amoureux écoute,
Caché dans ces bois, écoute
Si l'amante ne vient pas.

Un oisillon qui s'agite,
Un écho qui vient mourir,
Une feuille qui palpite,
Qui sous l'oisillon palpite,
Un rien le fait tressaillir.

Mi-joyeuse et mi-tremblante,
L'amoureuse, en ces moments,
S'enveloppe de sa mante,
Et bénit l'espiègle mante,
Protectrice des amants !

Sur le miroir elle jette
Bien vîte un dernier coup-d'œil,
S'applaudit de sa toilette,
(Conquête a pour sœur Toilette),
Rit et s'échappe du seuil.

Et l'oisillon qui s'agite,
Et l'écho qui vient mourir,
Et la feuille qui palpite,
Qui sous l'oisillon palpite,
Un rien la fait tressaillir.

Enfin, d'un pied de gazelle,
Elle arrive au vert berceau.
Bel amant, voici ta belle!
La crainte la rend plus belle,
Le plaisir te rend plus beau.

Oh! je sens votre délire!
Comme il brille en tous vos traits!
Vous ne savez plus que dire;
C'est qu'un baiser veut tant dire,
Qu'on ne dit plus rien après.

Pour vous la belle soirée ,
O jolis Sylphes des bois !
La Nature s'est parée ,
D'habits de fêtes parée
Pour vous , qui fêtez ses lois :

La Nature aime qu'on s'aime ;
La Nature est tout amour,
Et, dans nos cœurs, elle en sème
Les ardeurs, comme elle sème ,
Aux cieux, les ardeurs du jour.

Que vos doux bras s'entrelacent,
Nul jaloux ne peut vous voir ;
Sur vous les Mystères passent,
Comme dans vos âmes passent
Les délices de ce soir.

Allez ! Dans l'ombreux silence
L'amour a de plus doux bruits.
Déjà la Seine commence ,
De sa voix d'argent, commence
Sa chanson des belles nuits.

5.

Perdez-vous sous les ombrages,
La nuit va couvrir Orcher ;
Et j'ai vu sur les nuages,
Sur les pâlissants nuages,
L'astre d'amour se pencher.

Mai.

ÉTOILES DE LA NUIT !

Étoiles de la nuit ! Étoiles mes amours,
Et mes amours fidèles,
Oh ! vous êtes si belles,
Que je voudrais vous voir et vous chanter toujours !

Clara vous porte envie, — o mes amantes blondes ; —
Et, lorsque nous vaguons, à vos molles clartés,
Le long des prés luisants, des blés discrets, des ondes
Et des bois argentés, —

Clara rêveuse
Penche, comme une fleur du soir,
Et pose sur mon cœur sa tête gracieuse ; —
Jalouse de vous voir,
Jalouse de savoir
Quelle rivale heureuse,
Parmi vous, elle peut avoir.
Et ma vue est alors à tel point enivrée
Par votre lumière azurée
Et l'azur lumineux de ses yeux grands et doux,
Que d'amour tout mon cœur abonde
Et que je ne sais plus qui j'aime mieux au monde,
Clara la blonde, —
Ou vous.

Mais je me trouve si près d'elle,
Et vous si loin de moi, — pauvre amant d'ici-bas, —
Que je m'incline sur ma belle,
Jusqu'à sa bouche, qui m'appelle ;
Que je fais ployer, dans mon bras,
Du long poids d'un baiser, son cou de tourterelle...,
Tout en baisant, des yeux, vos jolis fronts ingrats.

Et dans ces deux baisers si bien je m'embarrasse,
    Les trouvant tous les deux si doux,
    Que je ne sais plus qui j'embrasse,
    Clara la blonde, — ou vous.

TROIS EXCELLENTES CHOSES.

Il est au monde, amis, trois excellentes choses :
    L'amour, le vin et le soleil !
Sans vin, point de gaîté, — sans soleil point de roses, —
    Sans amour, point d'âge vermeil. —

Or, tant qu'un dieu riant nous verse avec largesse
Le sang joyeux et fort de la fière jeunesse,
Aimons ! Dans les baisers, noyons l'ardeur des jours !
Et plus tard, quand sur nous pendront les jours moroses,
Couronnant nos fronts blancs de soleil et de roses,
Nous boirons en l'honneur de nos jeunes amours.

AVRIL.

CHANT D'AURORE.

Le rossignol d'Avril chante sous les rosiers ,
Le clair azur s'étend sur les blancs cerisiers ,
De leur palais de miel s'envolent les abeilles ;
La brise se parfume aux lilas du chemin ,
Et quand l'Aube a touché l'étoile du matin ,
L'étoile semble choir dans leurs grappes vermeilles.

Près des lacs transparents, l'hirondelle des eaux
Va suspendre son nid aux mobiles roseaux
Et redire aux flots bleus sa chanson bohémienne.
Le merle a salué la jeune nuit des bois ;
L'alouette s'abrite au sein des fleurs de pois ,
Attendant qu'aux champs verts l'abri des blés revienne.

Ainsi tout rit , tout chante et brille autour de nous ,
Et dans nos cœurs aussi, — (charme encore plus doux), —

Nous entendons chanter des voix intérieures :
Voix du Bel Age , habile à tout nous embellir , —
Lointaine voix d'Espoir, célébrant l'avenir , —
Voix divine d'Amour, qui dit : — « Cueillez les heures ! » —

Chante en moi , bel Amour, oh ! j'aime à t'écouter !
Cueillons, amis, cueillons, hélas ! sans les compter,
Nos heures de printemps pleines d'ivresse encore ;
Car elles tomberont les fleurs des cerisiers ,
Car il expire, un jour, le concert des rosiers ,
Car elle pâlira notre étoile d'aurore.

Oui, cueillons l'heure ! — Aimons ! —Avril veut dire : Aimer.
Eh! qu'est-il sous le ciel qui puisse nous charmer,
Que n'effleure l'Amour de son aile vermeille ?
En tout brille l'Amour. C'est le soleil joyeux
D'où coule à flots la vie et le jour radieux ;
Devant l'astre voilé , tout se voile et sommeille.

Oh ! quand le rossignol chante sous les rosiers ,
Quand l'azur clair s'étend sur les blancs cerisiers ,
Qu'il est doux le baiser de la jeune maîtresse ,
Ce baiser du matin , que prolonge l'adieu ,

Qui de la nuit d'amour respire tout le feu,
Et qui d'une autre nuit promet déjà l'ivresse !

Alors, quand on la quitte et qu'un signe de main
De sa fenêtre encor nous suit sur le chemin,
Que le monde rayonne à notre âme ravie !
Il semble qu'un autre air enivre nos poumons,
On suivrait l'aigle altier jusqu'au sommet des monts,
Et l'on sent que l'amour est l'essence de vie.

PARFUM SACRÉ.

Oh ! quel parfum mystérieux
Répand l'herbe où la lune tombe !
— « Pleurons, c'est un parfum de tombe. »
— « Chantons, c'est un parfum des cieux. »

ELLE ET LUI.

ELLE.

O toi, que j'aimerai jusqu'à l'heure suprême,
D'autres pourront encor te chérir après moi ;
Mais elles ne sauraient t'aimer comme je t'aime,
Comme je n'en saurais aimer d'autre après toi.

LUI.

O toi, que nul encor n'aima comme je t'aime,
Aucune autre ne peut me chérir après toi ;
Car si tu veux m'aimer jusqu'à l'heure suprême,
Cruelle, voudrais-tu voler au ciel sans moi?

ELLE.

Ah ! puisqu'un tel amour nous unit de ses flammes,
Pourquoi parler de mort? ne parlons que d'amour.

LUI.

C'est que l'amour, sur terre, a confondu nos âmes,
Comme la mort, au ciel, doit les confondre un jour.

LE QUATRIÈME BAISER.

Hier, comme je quittais ma belle, à la nuit close,
Je reçus trois baisers de ses lèvres de rose :
— « Le baiser de Minuit doit bénir ton chemin,
» Et d'avance voilà le baiser de l'Aurore ;
» Le baiser du Plein jour, je te le donne encore ;
» Mais le baiser du Soir, viens le prendre demain. » —

NEIGE ET SOLEIL.

La neige et le soleil, mariant leurs splendeurs,
A mon œil fasciné font oublier les fleurs ;
L'âme se réjouit à ces blancs paysages.
Oui, l'hiver même est beau dans ses froides toisons :
De charmes différents Dieu doua les saisons,
        Comme il en a doué les âges.

6

Heureux qui sait, par les neiges des ans,
Tempérer les ardeurs de la verte jeunesse,
   Et dorer la blanche vieillesse
Des rayons les plus purs du soleil de printemps !

———

A L'ÉTOILE DE VÉNUS.

Salut, fraîche étoile,
Que le Soir dévoile
La première aux cieux ;
Perle la plus belle,
Que la Nuit récèle
Dans ses écrins bleus !

En ces jours d'ivresse
Qu'évoquent sans cesse
Mes rêves jaloux,
Les luths d'Eolie
T'avaient embellie
Du nom le plus doux.

Dans leurs folles rondes,
Que de nymphes blondes
Ont chanté ce nom,
Lorsque leurs mains blanches
Balançaient leurs hanches
Sur leur pied mignon !

Platon crut entendre
Ta voix sainte et tendre,
Au cap de Sunium ;
Sous tes feux, Horace
Trouvait plus de grâce,
Aux fleurs de Pestum.

Et quand ta déesse
Du beau ciel de Grèce
Tomba pour toujours,
Sa mort te fit-elle
Moins chère ou moins belle
Aux yeux des Amours ?

Ceint de sa mandore,
Plus tard, vint encore

Le doux Ménestrel
Te fier sa flamme
Pour la gente dame
Dolente au castel.

L'amante esseulée
Se sent consolée
Quand ton disque a lui :
— « Là-bas, à cette heure,
» Il sait que je pleure,
» Dit-elle, pour lui. » —

Ou bien, plus heureuse,
La jeune amoureuse,
Tremblante d'émoi,
Te dit : — « Belle étoile,
» Au bois qui me voile,
» Guide-le vers moi ! » —

II.

Oh ! quand tu scintilles
Aux grands lacs tranquilles,

Qu'enchante Minuit,
N'es-tu pas l'Ondine,
Vers qui s'achemine
Le passant séduit?

Et lorsque tu brilles
Entre les charmilles,
Pourquoi t'y cacher?
N'es-tu pas la rose,
Pour le ciel éclose,
Qu'on ne peut toucher?

Gracieux symbole
Du Bonheur, qui frôle
L'âme du mortel
Lassé de l'attendre,
Et qu'il ne peut prendre
De la main qu'au ciel.

Mais pourquoi dans l'ombre
D'un nuage sombre
Glisser tristement?
Belle étoile, il semble

6.

Que ton orbe tremble
Comme un cœur d'amant.

Ah ! tu vois reluire
Ce marbre, où respire
Ta pauvre Cypris ;
Mortelle ou déesse,
C'est comme maîtresse
Que tu la chéris.

Et c'est pour la plaindre
D'avoir vu s'éteindre
Son doux règne aux cieux,
Que tu dis aux nues :
— « Voilez ses statues
» A mes tristes yeux ! » —

Reparais plus belle,
Étoile fidèle,
Et luis-nous toujours !
Où, lorsque l'on aime,
Trouver un emblême
Plus doux des amours ?

Ta flamme est si pure
Que l'âme s'épure
A te contempler ;
Mon cœur, qui s'élève,
Veut, comme mon rêve,
Vers toi s'envoler.

III.

Ainsi je te chante,
Étoile charmante,
Astre des amours !
Et leur chaleur sainte
En moi s'est éteinte,
Qui sait ? pour toujours !

Oh ! rends-moi les charmes
De ces chastes larmes,
Qu'on verse à seize ans ;
Ces blanches pensées,
Qu'alors j'ai bercées
Sur tes rayons blancs !

L'amante idéale,
Qu'âme virginale
Je suivais alors ;
Qui, loin de ma route,
Aux rires du Doute,
S'enfuit depuis lors !

La mélancolie,
Qui voilait ma vie
(Mais sans l'assombrir)
D'une ombre argentine ;
La fraîcheur divine
Du premier soupir !

Hélas ! plainte vaine !
Quel pouvoir ramène
La jeunesse au cœur ?
Quelle brise amie
A la fleur flétrie
Rendra la fraîcheur ?

Oh ! oui, plainte vaine !
Quel dieu rassérène

L'esprit décharmé ?
Quel soleil redonne
A la froide Automne
Les tiédeurs de Mai ?

Adieu donc, étoile !
Car de pleurs se voile
Mon œil qui te suit.
Souvenirs d'aurore
Charmèrent encore
Mon cœur et la nuit.

LA MOISSON DE MINUIT.

A MAD^lle L. V. H.

Hier, vous me disiez : — « Bientôt sonnera l'heure,
    » Où l'An retombe au sein de Dieu !
» Et, dans mon cœur, j'entends comme une voix qui pleure,
    » Qui pleure un éternel adieu. » —

Eh! pourquoi regretter la fuite d'une année?
Le gai Printemps fuit-il de votre front serein?
Au bouquet de vos jours une fleur s'est fanée,
Mais tant de fraîches fleurs vous restent à la main.

Pourtant j'écoute aussi cette voix solennelle,
A l'heure où nous salue un suprême Minuit:
Le Siècle a fait un pas au but où Dieu l'appelle ;
      Mais qui sait où ce pas conduit ?

Toujours vers le bonheur puisse Dieu vous conduire !
Puisse-t-il, chaque fois exauçant un souhait,
Vous rendre l'an qui vient, plus digne d'un sourire,
      Et l'an qui meurt plus digne d'un regret !

A cette heure, il nous faut faire moissons nouvelles
Des souvenirs heureux que produisent les ans.
Tout suit le froid Passé ; seuls au Présent fidèles,
Les légers Souvenirs ferment l'aîle du Temps.

Il nous faut rassembler la précieuse gerbe
De nos beaux épis d'or, — souvenirs les plus chers, —

Et puis laisser l'Oubli, — comme une mauvaise herbe, —
Glaner les souvenirs amers.

1 Janvier 1852

HISTOIRE D'UN CHARDON.

FABLE.

Chardon se mit un jour en tête d'être rose :
Il arrondit sa feuille, émousse son piquant,
Enjolive sa tige et sa fleur demi-close,
    Affecte une coquette pose,
Un petit air mutin, freluquet, provoquant.
      La rose a moins de grâce
        (Se dit Chardon).
    Un connaisseur de chardons passe :
    Un docteur *en herbe*, un ânon,
Qui pratiquait, à jeûn, l'école buissonnière,
Et, par monts et par vaux, cherchait l'occasion
    De mettre en train sa machine molaire.

Chardon lève une tête altière :
Anon lève le nez , flaire Chardon , l'a vu ,
Et gai comme jadis ce pruneau d'Esaü
    Devant la soupe aux prunes de son frère ,
Anon se met à rire , autrement dit, à braire :
              — « Hi ! Han ! dit-il ; je tiens mon plat ! » —
      — « Holà ! manant , quelle mouche te pique ?
        » Je suis rose , bourrique ,
   » Rose, et pour ton museau dessert trop délicat. » —

   — « Crois-tu changer d'esprit , en changeant de toilette ?
» Penses-tu me limer les dents par ton jargon ?
       » Chardon reste toujours chardon ,
       » Brillât-il comme une comète. » —

Cette oraison funèbre était loin d'être bête ,
          Pour un ânon.

———

Une idée analogue inspire l'autre fable.
Peut-être est-ce un défaut, qu'il fallait éviter ;
      Mais le Bonhomme inimitable,

Dans l'art naïf de bien conter,
Parfois aux redites s'amuse;
Ainsi je fais, donnant ce qu'il fit pour excuse.
Eh! j'aurai beau d'ailleurs me répéter,
Chardons, grands et petits, me laisseront chanter.

LA FEUILLE ET L'AIGLE.

FABLE.

— « Tu vois que pour le ciel, comme toi, je suis née,
Disait à l'aigle, une feuille fanée,
Que soutenait le vent près de l'oiseau royal;
« Je vole à ta hauteur; le dédain te sied mal. » —
Le vent faiblit; la feuille abandonnée
Finit dans un bourbier son essor glorieux,
Lorsque l'aigle déjà dormait au sein des dieux.

La sotte Nullité, par la tourbe applaudie,
Peut s'asseoir, un instant, au trône du Génie;
Mais tombe la faveur, et l'animal grossier,
Harcelé de sifflets, regagne son fumier.

7

O PETITE MIGNONNE !

(BALLADE).

Ma petite mignonne
A reçu du Curé
Une sainte madone
En albâtre doré :

— « Certe, a dit ma mignonne,
En chrétienne, je doi
Mieux aimer la madone,
Pauvre amoureux, que toi. » —

— « Bonne nuit donc, mignonne,
Seule va sommeiller ;
Près de toi la madone
Égaîra l'oreiller.

Et demain , o mignonne ,
Apprends-moi si vraiment
Un baiser de madone
Vaut un baiser d'amant.

Si mon cœur, o mignonne ,
Te semble moins doré
Que la sainte madone
De Monsieur le Curé. » —

— « Pourquoi, dit la mignonne,
Me causer des regrets ?
J'aime mieux la madone
De loin, mais toi, de près. » —

O petite mignonne !

CHOSE IMPOSSIBLE.

LUI.

Pourquoi faut-il que l'abeille
Porte un aiguillon cruel,
Et qu'une bouche vermeille
Cache une langue de fiel?

ELLE.

Si la femme et les abeilles
Ne distillaient que du miel,
Dieu garderait pour le ciel
Ces étonnantes merveilles.

PLEURS D'ADIEU.

(TRADUIT DE L'ÉCOSSAIS).

(O'er the mist-shrouded cliffs of the lone mountain srtraying).
ROBERT BURNS.

Le long des flots plaintifs, des falaises sauvages,
J'erre dans les brouillards avec les vents d'hiver ;
Et je roule en mon cœur de plus sombres orages,
Que n'en soulève au loin l'abîme de la mer.

Avant de me ravir à ma douce patrie,
Aux lieux où pour jamais mon bonheur s'écoula,
Laissez-moi, tristes flots, pleurer encor Marie,
Pleurer la fleur d'amour des vallons de Coila.

Nous n'irons plus, le soir, sous les rameaux du saule,
Voir la lune trembler dans le cristal de l'eau ;
L'amour n'incline plus mon front sur son épaule,
Car les fraîcheurs du soir ont baigné son tombeau !

7.

Désormais plus d'ivresse en mon âme éplorée ;
L'orage aux bords lointains me suivra sans retour,
Et nul ne pleurera sur la rive ignorée
Où , loin de mon pays , je vais mourir d'amour.

CHANSON LATINE.

Aux cieux gris et glacés la neige tourbillonne ;
Mais en vain l'Hiver maladroit
Bat du doigt
A notre porte qui frissonne ;
Dans la tonne
Nous repêcherons la gaîté
De l'Été.

C'est maintenant, amis , qu'il nous faut emplir l'âtre
Des senteurs d'un bois bienveillant,
Pétillant
Sous la flamme au nimbe bleuâtre ,

Trop folâtre
Symbole, hélas ! de nos destins
Incertains.

C'est maintenant qu'il faut d'une fine bouteille
Briser le goulot résineux,
Et joyeux
De sabler là liqueur vermeille
De la treille,
Noyer dans la coupe des ris
Les Soucis.

Grâce à l'hiver, le vin se boit sans qu'on le glace,
Comme aux banquets d'automne, aux flots
Des ruisseaux,
Quand sous le saule on se prélasse
Et qu'on place
Bacchus et Cypris sans façon
Au gazon.

Mais Cypris et Bacchus aussi ne diront guères
Que l'Hiver ait mis ses froideurs
Dans nos cœurs :

Nous vaudrons autant que naguères
A ces guerres,
Où les battus et les battants
Sont contents.

Esclave, apporte-nous les parfums de Palmyre,
Et répands les fleurs en festons
Sur nos fronts ;
Cependant qu'au bruit de la lyre
Je vais dire
Ce qui fait le prix de nos jours :
Les amours.

Va prévenir aussi la jeune Lesbienne,
Qui danse mieux que les chœurs nus
De Vénus,
Et, coiffée à la Phrygienne,
Qu'elle vienne,
Jusqu'à l'aube encore, égayer
Mon foyer.

LES SINGES ET LE RENARD.

FABLE IMPROMPTU.

Deux Singes se riaient au nez,
Au beau milieu d'un champ de foire.
Mais qui riait le plus? Comme on peut bien le croire,
C'étaient les badauds étonnés.
Ce que voyant, un Renard bon apôtre :
— « O Sapajous, dit-il, respectez-vous l'un l'autre.
« Gens d'esprit, s'attachant tour à tour les grelots,
« N'y gagnent rien que l'air sinon l'esprit des sots. » —

AMOUR ET DOUTE.

(IMPROVISATION).

Aimons-nous! aimons-nous! o jeune et belle amie,
Et fesons-nous un ciel du terrestre séjour.
Aimer c'est vivre au ciel. Qui sait si l'autre vie
Doit nous rendre jamais la jeunesse et l'amour?

L'espoir a beau flatter notre céleste rêve,
L'espoir, terrestre aussi, n'est qu'un Bien sans Pouvoir;
Dieu seul connaît ce ciel où la mort nous élève :
On peut tout espérer, on ne peut rien savoir.

Aimons-nous! Confondons et notre âme et notre être !
Ne soyons qu'une ivresse, oublions tout pour nous;
Car le suprême Oubli demain viendra peut-être
Nous cacher à jamais à tout regard jaloux.

Avant que pour nous deux ce beau soleil éclaire
La couche d'hyménée où l'on dort sans retour,
Puisons, puisons à flots à sa pure lumière
Tout ce qu'elle a de flamme et de vie et d'amour.

Plus tard , quand passeront près de nos mausolées
Nos amis d'autrefois, bientôt indifférents ,
Ils attristeront moins nos ombres consolées ,
Lorsqu'elles auront eu plus de jours enivrants.

Oh ! je sens dans mon cœur tant de flammes écloses,
Qu'il me semble, o mon bien, qu'il ne peut pas mourir,

Que pour l'aimer encor mon cœur doit, dans les roses,
Mon cœur, sur mon tombeau, doit un jour refleurir.

Mais quel que soit ce ciel où nous irons renaître,
Aimer, c'est s'élever vers un céleste feu ;
C'est glorifier Dieu ; c'est sanctifier l'Être ;
C'est bénir la Nature. — Aimons! — L'amour c'est Dieu!

APRÈS LA NUIT D'AMOUR.

(FRAGMENT).

Après la nuit d'amour,
Oh ! que l'aurore est belle !
Oh ! que le ciel rayonne et que l'onde étincelle !
Que l'air est plein de vie et de force nouvelle !
C'est encore la nuit, c'est la nuit immortelle,
C'est la nuit enivrant le jour !

Le bonheur idéal commence
Et le bonheur réel semble ne pas finir.
C'est une volupté qu'on ne peut définir :
         C'est encore la jouissance
         Et c'est déjà le souvenir.

         Notre cœur semble avoir des ailes :
         Il vole avec les hirondelles
Dans l'azur, sur les eaux, sur les fleurs d'alentour ;
Et tout ce qu'il anime a des grâces nouvelles ,
         Et tout ce qu'il touche est amour.

D'un jour intérieur tout notre être s'éclaire ;
Un prestige secret repose dans nos yeux.
Tout nous sourit, nous aime et se plie à nos vœux ;
Et l'onde et les oiseaux, les fleurs et la lumière,
Tout nous dit : — « Passe, amant, passe, dieu de la terre !
         Tu respires encor les cieux ! » —

CONTEMPLATION.

Astres sacrés, roulant dans l'espace éternel,
      Le cœur lassé des orages du monde
      Trouve dans votre paix profonde,
Dans votre ordre superbe, un charme solennel :
Je vous contemple et Dieu me pénètre et m'éclaire,
      Et plein de l'oubli de la terre,
      Je comprends le repos du ciel.

Cortège harmonieux, phalanges admirables,
Globes, qui gravitez sous des lois immuables,
Vous cadencez là-haut des symboles de feu ;
Vous gravez sur l'azur ces paroles sublimes :
      — « Imitez-nous, o terrestres abîmes ;
          L'Ordre est l'esprit de Dieu ! » —

MÉTEMPSYCOSE.

Si l'on pouvait flotter sur les brouillards d'automne,
Les pâles brouillards des prés verts,
Où la blanche lune rayonne,
Où glissent les parfums des airs;
O ma belle, tu devrais être
Cette lueur d'argent que la lune y fait naître,
Pourvu que Dieu formât de moi
L'humble arôme d'amour qui se perdrait dans toi.

LE PRIX DE L'UNIVERS.

LE CIEL.

Des plis de mon azur je te ferai des voiles
Et je couronnerai ton front de mes étoiles.

LA TERRE.

A tes pieds s'ouvrira mon sein mystérieux,
Où je roule pour toi des flots d'or radieux.

LE CIEL.

Je te donne l'écrin de mes perles d'aurore.

LA TERRE.

Je t'offre autant de fleurs que j'en puis faire éclore.

LE CIEL.

Règne ! Je t'appartiens.

LA TERRE.

A tes lois je me rends.

LUI.

Je te garde un baiser ?

ELLE.

Terre et ciel, je le prends.

LES ESPRITS DE L'AUBE.

LE CHŒUR.

Le lac blanchit;
L'Aube rougit
La crête des montagnes.
Suivons encor
Son vague essor
Dans les pâles campagnes.

Frappons au cœur
De chaque fleur,
Afin qu'elle s'éveille :
— « Petite, holà !
« Rosée est là,
« Ta nourrice vermeille ! » —

Et toi, grillon,
Donne au rayon

Tes louanges d'atome ;
   Insecte obscur,
   Dieu fit l'azur
Pour toi comme pour l'homme.

   Allons chercher,
   Sous le rucher,
Les glaneuses de manne ;
   Et des fourmis
   Formons, amis,
L'alerte caravane.

   (O vous, des saints
   Et grands Destins
Humbles petits manœuvres,
   Faut-il qu'un pas
   Détruise, hélas,
Votre vie et vos œuvres !)

   Rendons après
   Aux blonds guérets
La voix de l'alouette,
   — Chant matinal

Qu'au ciel natal
L'Ame du Monde jette. —

Que, du roc noir,
J'entende choir
Le grave appel des merles,
Sur les ruisseaux,
Dont les Echos
Aiment les sons de perles!

Que le Zéphir
Cueille à loisir
Les parfums des charmilles,
Qu'il répandra,
Quand il pourra,
Au front des jeunes filles.

Mais, au lac bleu,
Déjà le feu
Du grand jour vient s'étendre;
Aux nids craintifs
Les bruits actifs
Des cités vont s'épandre.

Beau site , adieu !
Le doigt de Dieu
Nous montre d'autres plages ;
Nous devons fuir,
Près de jouir
De nos heureux ouvrages.

Tel est le sort !
Souvent la mort
Brise ainsi le Génie ,
Quand sous sa main
Brillait enfin
Le grand but de sa vie.

Fruits de nos soins ,
Prouvez du moins
Notre puissance au globe :
Soleil jaloux ,
Tout vit par nous ;
Gloire aux Esprits de l'aube !

LE POÈTE.

Hélas ! Hélas !
Tout ne vit pas

Pour moi, ronde cruelle,
Frappez au cœur
D'une autre fleur :
Au cœur froid de ma belle.

Juillet.

LES HUITRES.

FABLE IMPROMPTU.

Deux huîtres, n'ayant rien que leur bave en partage
Se moquaient du beau coquillage
Qui distille l'émail brillant
Des nobles perles d'Orient.
La merveille des mers répondit aux bélîtres :
— « Riez, mes bons amis, riez ;
Par d'autres mes trésors seront appréciés,
Ils ne sont pas faits pour les huîtres » —

EN VOYANT PASSER UNE VIEILLE (HORREUR).

(BOUTADE).

Celui que les dieux aiment meurt jeune.
(MÉNANDRE).

De jeunesse et d'amour prête à perdre l'empire,
Avant le bel été la belle rose expire ;
Et toi, suprême amour, terrestre déité,
Femme, hélas ! tu survis à tes splendeurs d'été.

Quand sur ton front le Temps ourdit ses premiers voiles,
De plaire et de charmer quand tu perdras l'espoir,
Ah ! vole, belle encore, à tes sœurs les étoiles,
Disparais dans l'azur comme un rayon du soir.

Puisqu'en ce monde, hélas ! les choses les plus belles,
Été, rose, rayon, sont si tôt éclipsés,
    Pour qu'on vous regrette comme elles,
    Comme elles brillez et passez.

Quand une fraîche enfant devient ange vermeille,
Son image en nos cœurs se grave en lignes d'or :
Pour l'Amour sa mort même est un triomphe encor.
Mais que faire en nos cœurs du portrait d'une vieille?
Et comment trop la plaindre, alors qu'on est heureux,
Et pour elle et pour nous, de la savoir aux cieux?

Seul souvenir d'Eden, femme, o rose choisie,
Tu n'éclos au soleil que pour nous enivrer ;
Avant d'avoir perdu tes parfums d'ambroisie,
Tombe sur les gazons où l'on vient te pleurer.

Oui, tombe dans ta gloire, avant d'être la proie
De l'Age qui t'épie et s'attache à tes pas, —
— Sombre et dernier amant, que l'on n'évite pas ! —
Oh! lui laisseras-tu cet orgueil, cette joie
De tenir ton beau corps, un jour pâle et glacé,
Entre ses blêmes doigts, envieux du Passé?

Femme, tu ne dois pas te survivre à toi-même ;
La jeunesse et l'amour consacrent seuls ton nom.
Tu n'es femme vraiment qu'au bel âge où l'on t'aime ;
Mais, triste chose, après comment te nomme-t-on?

———

ASILE SACRÉ.

Semblables à la guêpe, effroi de la prairie,
Dont les fuyants coursiers redoutent la furie,
Les soucis importuns volent autour de nous;
Mais le sein d'une amie est la couche sacrée,
Où l'on dort libre enfin de leur langue acérée
Et des bourdonnements de leurs essaims jaloux.

Quel plus doux oreiller que le sein d'une amie,
Murmurante d'amour en nos bras endormie!
Quel flot doré des mers berce mieux notre front?
De l'air qu'elle attiédit respirant les caresses,
On écoute en son cœur bruïre les ivresses,
Qui bientôt l'éveillant sur sa lèvre éclôront.

Viens, ouvre-moi tes bras, o jeune bien-aimée!
Par l'amour et les fleurs la charmille embaumée
Semble attendre, ce soir, des amants ou des dieux.
Les amants sont des dieux d'amour et de jeunesse.
Endors-moi d'un baiser et donne-moi, déesse,
Le baiser du réveil dans l'Eden radieux.

———

POÉSIE RÉELLE.

LUI.

Les Vierges d'Hélicon distillent l'ambroisie ;
Mais tout leur miel vaut-il un simple mot de toi?

ELLE.

Les Muses font les vers, l'amour la poésie ;
Mon doux poète, hélas, l'es-tu bien comme moi?

LA DÉSAIMÉE.

(BALLADE).

Quand je serai morte ,
Morte de mon long chagrin ;
Un soir, à ma porte
Quand tu frapperas en vain ;

Ami , si ma perte
Te cause un peu de regrets ,
Sur ma couche verte
Plante un rameau de cyprès.

Puis , cher infidèle ,
Sans autre pénible émoi ,
Prends une autre belle
Qui te plaise mieux que moi.

Certe elle peut être
Plus riche que moi d'attraits ;
Mais, o mon doux maître ,
Plus riche d'amour, jamais !

Et dans ma chambrette
Mon Ombre la conduira ,
Et ma voix secrète
Sur ton sein la bercera.

Qu'elle s'abandonne
D'âme et de cœur à ta foi ,

9

Comme je lui donne
Tout le peu qui fut à moi ;

Cette robe même
Que je porte à nos adieux ;
La robe que j'aime,
Car je t'y plaisais le mieux.

Au lit où je penche,
Il ne me faut désormais
Que la robe blanche
Où l'on sommeille à jamais.

Que ne puis-je, — o femme,
Sur ma tombe heureuse un jour, —
Te donner mon âme,
Qui pour lui, mourut d'amour !

AMOUR BRISÉ.

LUI.

Respirons, mes amis, les tristesses d'automne ;
Du soleil qui s'en va recueillons les adieux.
Le bel oiseau n'est plus au nid silencieux.

ELLE.

Le bel amour n'est plus au cœur qui m'abandonne :
Compagnes, respirez les tristesses d'automne ;
Aux adieux du soleil je mêle mes adieux.

LUI.

Mais le soleil revient, rajeuni, radieux ;
Le gai printemps, amis, revient à tire d'ailes,
Rendre les beaux amours au cœur silencieux.

ELLE.

Le nid ne revoit pas les oiseaux infidèles :
Compagnes, couronnez ma tête d'immortelles ;
D'une âme qui s'en va recueillez les adieux.

VIVENT LES HANNETONS !

Vivent les hannetons ! Voilà des gens sensés !
Quand viennent les beaux jours on voit, à flots pressés,
Sortir du sol mouvant leur troupe bourdonnante ;
    Mais sitôt les beaux jours passés,
Ils gagnent leur foyer sous la terre indolente.

Ils ont le goût exquis d'écrémer le plaisir :
Quand le souffle d'Avril la fait épanouir,
Dans sa vierge fraîcheur ils cueillent la Nature,
    Et, sans être las d'en jouir,
Savent reprendre à temps le sommeil d'Épicure.

Sommeillant tout l'hiver, jamais d'hiver pour eux !
Et moi, qui l'abomine, o ciel ! serais-je heureux
De partager leur couche et d'y dormir de même,
    De ne lever mon front peureux
Qu'en ces jours caressants, où tout murmure : j'aime !

Par leur mère Cérès, bercés douillettement,
Ces petits dieux vous font quelque rêve charmant,
Où de leur douce veille ils cuvent les ivresses,
    Pendant qu'impitoyablement
L'Hiver nous comble, hélas! de toutes ses tendresses.

— République modèle à confondre Platon, —
Ils tiennent le gros lot; pourquoi donc en rit-on?
Moi, qui depuis longtemps ai compris cette bête,
    Ah! que ne suis-je un hanneton,
Puisque le ciel malin m'a déjà fait poète!

Septembre.

DANS LA BASILIQUE.

Vous qui voulez prier, venez aux grandes heures
Où la Nuit s'agenouille en ces saintes demeures,
Où le Silence vient veiller près de l'autel,
Où, sous un vaste arceau, la Solitude austère
S'assied, fermant le cœur aux choses de la terre,
    Et levant les yeux vers le ciel.

9.

GRANDES VOIX DE LA NUIT!

I.

Grandes voix de la nuit, vents libres et sauvages,
 Clairons de guerre des orages,
 A vos accords s'éveille ma fierté !
 J'entends votre langue inconnue,
Grandes voix de la nuit, qui chantez, dans la nue,
 L'Hymne Éternel de Liberté.

Liberté ! Liberté ! dans les vents on t'aspire !
Le libre azur des cieux est ton plus bel empire,
 Ton symbole, le vent des cieux :
Quel pouvoir combattra son pouvoir invisible ?
C'est un souffle des dieux, caressant ou terrible ;
La Liberté de même est un souffle des dieux.

 L'âme qu'un poids céleste oppresse,
O révolte des airs, respire avec ivresse,

Se lève dans sa force et vit, à votre bruit.
Va donc, à ta nature, o mon âme, rendue,
Libre encor, va chanter, dans l'immense étendue,
L'Hymne de Liberté des grands vents de la nuit.

Mystère pour toi-même et fille du Mystère,
Tes instincts de plus haut, ton espoir indompté
Dévoilent ta grandeur au limon de la terre ;
Brise, brise son joug en frémissant porté,
  Reprends, dans la natale sphère,
  L'Hymne Éternel de Liberté !

II.

Reprends l'Hymne Éternel ! — Oui, l'âme est éternelle !
L'âme, principe libre, impérissable feu,
  Rayon de l'Ame Universelle,
Par delà tous les temps, flottait au sein de Dieu.

Et lorsque du Chaos Dieu tira la matière,
Il ennoblit les corps de ces rayons divins ;

Il fit épouser l'âme au limon de la terre :
  Tels étaient les Destins.

— « Tels étaient les Destins ! » — Inflexible parole
  Qui répond seule au Doute, aux Désespoirs !
Résignons-nous, soumis au Dieu qui nous console :
Lui-même reconnaît des lois et des devoirs.

  Dieu nous laissa — seules preuves sublimes,
  Seuls souvenirs de notre éternité, —
  L'esprit d'amour, — qui, par des lois intimes,
Aux âmes conservant leur sainte affinité,
Rend l'Ame Universelle à sa pure Unité ;
Et l'esprit qui l'élève encore des abîmes,
L'esprit des saints combats, — l'esprit de Liberté !

Vivre libre en aimant, c'est le vœu de la terre ;
C'est la beauté, le bien, — la force, la vertu ;
Libres, nous sentons moins le poids de la matière ;
  L'amour nous rend le ciel perdu.

L'amour fait pressentir, l'amour nous fait comprendre
Ce bonheur libre et pur que la mort doit nous rendre ;

La mort, que hait d'instinct le corps épouvanté,
— Enfantement terrible à l'Immortalité ! —

Subissons, — il le faut, — cette épreuve dernière !
Reprends tes cendres, o matière,
Je vole où l'Amour-Dieu me luit !
Dans le doute et les pleurs, j'ai passé sur la terre ;
Comme les grands vents de la nuit !

TOAST PAYEN.

(BOUTADE).

Liqueur de flamme et d'or où la gaîté respire,
Ma lèvre, en te buvant, te consacre au Soleil !
Comme aux jours où la Grèce adorait son empire,
Ou les libations baignaient son char vermeil !

Dieu superbe naguère, aujourd'hui sans patrie,
O Soleil! et vous tous, dieux charmants d'autrefois !
C'est votre esprit secret, c'est votre loi chérie,
Qui guidera toujours le vieux monde aux abois.

Du ciel qui vous bannit, il est tombé lui-même,
Ce monde que Phébus couvrait d'un voile d'or,
Et l'Ennui l'a chargé des crêpes du Carème;
Mais d'un coup de grelots Momus les perce encor.

Mythes, divinisant la pauvre vie humaine,
A vos autels détruits je garderai ma foi.
Viens, ma belle, à ton tour, viens, naïve Payenne,
Fête avec moi ces dieux, que je retrouve en toi.

Ceins ton front rougissant de bandelettes blanches,
Mets d'éclatants anneaux à tes jolis bras nus ;
Et mes profanes mains, reposant sur tes hanches,
Croiront y retrouver le bandeau de Vénus.

Sur ton genou mignon qu'une agrafe mutine
De ta robe de lin retienne quelques nœuds ;
Viens, laisse ton beau corps ployer sur ma poitrine
Et lève vers le ciel ce cristal radieux :

—— « Soleil ! reflet d'amour aux yeux de ma maîtresse,
Nous t'offrons ce vin pur où couvent les rayons !..... .
Ainsi que ce baiser, dont la jeune prêtresse
Fait le charme et le prix de mes libations. » ——

LA VIE D'UNE FEUILLE.

LA VIE D'UNE FEUILLE.

Pauvre feuille fanée, au gré des vents errante,
Tu roules dès longtemps peut-être, indifférente
Au passant qui t'écoute à peine murmurer.
Moi, qui marche toujours chargé de rêverie,
Je veux rêver sur toi, pauvre feuille flétrie ;
    Cesse donc un moment d'errer.

Je n'interroge point la puissance inconnue,
Qui, renfermant une âme en ta branche encor nue,
T'a fait germer, un jour, t'a fait croître et grandir ;
Homme et feuille, pourquoi nous sommes sur la terre,
Nul ne le sait, — la vie est un divin mystère :
    Pour le connaître il faut mourir.

Oh ! mais que je voudrais, pauvre feuille flétrie,
Être ce que tu fus et vivre de ta vie !
Que n'es-tu le penseur rêvant sur mes débris !
Si déjà comme toi, je roulais par la plaine,

Sans avoir enduré d'une carrière humaine
    Et la longueur et les soucis !

Que ton destin fut doux et facile en ce monde !
Nonchalamment pendue à la branche féconde,
Qui te donnait la sève et l'asile à la fois,
Tu n'as pas, comme nous, pour soutenir ta vie,
Connu les durs travaux, la pénible insomnie,
    La fatigue, ni les émois.

Tu n'as pas dû souffrir du cœur, de la pensée,
De rêves décevants tu ne fus point bercée ;
Le Doute n'a point fait des siècles de tes jours,
(Vous ne pouvez douter, vous, feuilles sans croyances) ;
Même tu n'as pas eu nos plus douces souffrances :
    Les feuilles vivent sans amours.

Que ton destin fut doux et facile sur terre !
Peut-être as-tu caché, d'une ombre hospitalière,
Le nid du rossignol aux hommes, aux milans,
— De ses moindres accords intime confidente ; —
Et près de toi sans doute une source riante,
    Formait l'écho de ces doux chants ?

Aux aubes des beaux jours, scintillante, irisée,
Reposait dans ton pli la goutte de rosée,
Qui te communiquait sa coquette fraîcheur ;
Le soleil te versa ses plus chaudes ivresses,
Les brises t'ont donné leurs plus molles caresses,
  Les soirs d'été, tout leur bonheur.

Et bien des fois sans doute, aux nuits silencieuses,
Tu vis sous tes rameaux des lèvres gracieuses,
Au milieu des baisers, jurer amour et foi ;
Foi peut-être trahie à la suivante brune,
Amour plus fugitif que le rayon de lune,
  Qui se jouait alors sur toi.

Il est vrai, tu subis aussi bien les orages :
Quand la pluie et le vent flagellaient les bocages,
Tu sonnais, gémissante, avec les pauvres sœurs ;
Mais à peine l'orage avait-il ployé l'aile,
Que tu brillais encor, ranimée et plus belle,
  — Enfant riant après les pleurs. —

Du concert éternel de l'immense nature,
 — Comme l'onde et l'oiseau, — comme moi, — ton murmure

Nourrit obscurément le divin unisson.
De ta voix ignorée on ne se souvient guère ;
Mais des milliers de voix ont retenti sur terre,
    Et de combien se souvient-on ?

Ce bruit universel qui d'âge en âge sonne
Est comme la rumeur d'une mer monotone :
Tour à tour quelques flots y murmurent plus fort ;
L'un s'avance et grandit, tandis que l'autre croule,
Et, dans l'oubli commun, l'interminable foule
    Va se confondre au même bord.

— Cependant vint l'Automne et les brises trop vives :
Le rossignol vola vers de plus tièdes rives.
— Puis vint l'Hiver, glaçant la source aux flots causeurs :
Tes sœurs tombaient, tombaient, en jonchant la vallée,
Et d'un flocon de neige à ton tour accablée,
    Tu vins tomber parmi tes sœurs.

Ou serait-ce le doigt de l'amante gentille,
L'aile du rossignol, la dent d'une chenille,
Qui, même avant l'hiver, termina ton destin ?
— Infimes, mais fatals instruments de cet Être,

Qui leur commit ta mort alors qu'il te fit naître,
    Comme il détermina ma fin. —

Croirais-je maintenant, pauvre feuille flétrie,
Que tu n'as ni souffert, ni joui de la vie?
Orage, ni soleil n'ont-ils pu t'émouvoir?
Oh ! plus heureuse encor fut ainsi ta carrière ;
Car, semblable au néant, tu passas sur la terre,
    Et tu mourus sans le savoir.

Et, quand elle quitta sa dépouille mortelle,
L'âme qui t'animait, feuille, que devint-elle ?
Ton principe de vie, au hasard emporté,
Dut-il se perdre encor dans un néant immense ?
Ou pour toi, sans penser, comme pour moi, qui pense,
    Est-il une immortalité ?

Encor n'es-tu qu'un membre, un débris de la plante ;
L'emblème répond mal au doute que je chante.
Mais — le noble coursier, martyr des vils travaux, —
- - L'hôte innocent des bois, que la meute écartèle, —
--- La mouche même enfin, que la flamme harcèle, ---
    Quels biens compenseront leurs maux ?

Grand Dieu, toi dont le nom dit — : Amour et Justice ! —
Tant d'êtres, ici-bas, traînent un long supplice ;
Est-il pour l'homme seul un meilleur avenir ?
Et cette immensité, qui sous mille noms souffre,
Tombe-t-elle, o Néant, dans ton fabuleux gouffre,
     Après que Dieu l'a fait souffrir ?

Ah ! roule, roule au loin, pauvre feuille flétrie ;
De pensers trop profonds mon âme est obscurcie !
Au ciel quel Prométhée arrachera le feu
Pour éclairer en moi leur grandeur accablante ?
Va, toi, qui les fis naître, atome, feuille errante,
     Va, portes-en le poids vers Dieu !

ODES D'HORACE.

. . . . operosa parvus
Carmina fingo.

A PYRRHA.

(Quis multa gracilis te puer in rosa).

Dans ta grotte d'amour, qu'embaume
  Le tiède arôme
  Des monts boisés,
Pyrrha, quel bel enfant repose
  Sur ton bras rose
  De ses baisers ?

C'est pour lui que la blonde tresse
  Se ploie et presse
  Ton front de lait ;
Que mollement ce voile tendre
  Semble défendre
  Un sein coquet.

Sait-il qu'après l'heure des charmes,
  L'heure des larmes

Un jour viendra ?
Il n'a vu qu'un ciel sans nuage ;
Comme l'orage
Le brisera !

Sur ta lèvre il savoure encore
Ce miel que dore
Le faux Espoir ;
Il te croit l'abeille constante,
Toi, plus changeante
Que l'air du soir !

Je plains qui dans ces ondes nage !
Nous, qu'un Dieu sage
En retira,
A ses autels vouons la chaîne,
Dont la Syrène
Nous tortura.

A LA FONTAINE DE BLANDUSIE.

(O Fons Blandusiæ, splendidior vitro).

O Fontaine de Blandusie ,
Digne que la douce ambroisie
Te parfume et les douces fleurs,
Demain je t'offre, o ma fontaine,
Un chevreau dont la corne à peine
Annonce les jeunes ardeurs.

Lascif pourtant comme sa race ,
Déjà Vénus l'emplit d'audace ,
Déjà lui plaisent les combats ;
C'est en vain : ton eau cristalline
Demain coulera, purpurine ,
Aux bords qu'il ne reverra pas.

Dans le creux d'un vallon propice
Tu peux braver l'ardent Solstice :

11

Il n'atteint point tes flots aimés ;
Et toujours ta fraîcheur ranime
Les taureaux que le joug opprime ,
Les troupeaux au loin parsemés.

Coule , coule , o fontaine heureuse !
D'une onde désormais fameuse
Baigne tes bords enorgueillis :
Horace a chanté sous le chêne
Qui garde la grotte prochaine ,
D'où gazouillante tu jaillis.

PRIÈRE AU DIEU FAUNE.

(Faune, Nympharum fugientium amator).

Dieu Faune , amant chasseur des Dryades fuyantes ,
Visite , en dieu clément , mes modestes enclos !
Et , dans mes parcs voués aux chaleurs malfaisantes ,
 Bénis l'espoir de mes troupeaux !

Quand sous le poids des jours l'An succombe et s'incline ,
L'agneau rougit mon seuil, dieu Faune , en ton honneur ;
Mes vins sur tes autels endorment Erycine ,
    Sous des flots d'encens protecteur.

Dieu des prés , je t'honore ! A tes fêtes superbes ,
Les joyeuses brebis vont bondir par les champs ,
Les bruyants villageois le chôment dans les herbes ,
    Parmi les grands bœufs ruminants.

Les bois couvrent tes pas de leur parure agreste ,
Les loups inoffensifs errent dans le bercail ,
Et le laboureur rit en battant, d'un pied leste ,
    La glèbe , où dort l'ingrat travail.

A CHLOÉ.

(Vitas hinnuleo me similis, Chloé).

Tu m'évites, Chloé, semblable au faon , qui gagne
L'asile de sa mère à travers la montagne ;
Il tremble au moindre bruit du feuillage trembleur :

Car voit-il le Printemps bercer la vigne éclose,
Ou s'enfuir un lézard dans un buisson de roses,
La crainte fait fléchir ses genoux et son cœur.

Mais moi, — tigre cruel, — lion de Gétulie, —
Pour te donner la mort t'ai-je donc poursuivie?
Viens, quitte enfin ta mère et suis l'amour vainqueur.

A ARISTIUS FUSCUS.

(Integer vitæ, scelerisque purus).

L'homme intègre en sa vie et que l'honneur décore
N'a besoin ni de l'arc, ni du javelot Maure,
Ni du pesant carquois, ni des dards vénéneux;
— Qu'aux neiges du Caucase, il ait l'Hiver pour guide, —
— Qu'aux Syrtes, sous ses pieds, brûle la route aride, —
— Ou qu'il longe l'Hydaspe au renom fabuleux : —

Je chantais Lalagué. Sans armes et sans crainte,
Des bois de Sabina j'avais franchi l'enceinte,

Lorsqu'à ma vue un monstre a fui dans les buissons :
Un loup prodigieux tel qu'au pied des grands chênes,
Mars n'en rencontre point dans les forêts Dauniennes,
Ni sur les monts Lybiens, nourriciers des lions.

— Au bout du monde, aux bords où la Nature expire,
Où l'Été vient sans fleurs, le Printemps sans Zéphyre,
Où règne le courroux des frimats et des dieux, —
— Comme aux sables déserts que le soleil dévore, —
O Lalagué, c'est toi que j'aimerais encore,
Et ta voix et ton rire aussi doux que tes yeux !

A NÉOBULÉ.

(Miserarum est, nec amori dare ludum, neque dulci).

Oh ! malheureuse enfant que celle
Qui ne peut aimer, jeune et belle,
    Les beaux amours ;
Ni les noyer dans l'ambroisie
Sans qu'un vieux tuteur ne l'ennuie
    De vieux discours.

Qui fait choir de ta main gentille ,
Néobulé , la chaste aiguille ,
    Les blancs fuseaux ?
Ce jeune étranger qui t'observe ,
Te plairait-il mieux que Minerve
    Et ses travaux ?

Sais-tu qu'il n'est point, dans le Tibre ,
De nageur plus hardi , plus libre
    En ses élans ?
Point d'athlètes dans nos arènes ,
Point de cavaliers dans nos plaines
    Aussi brillants ?

Sais-tu que le rire à la bouche ,
Il dompte un sanglier farouche
    D'un bras vainqueur ?
Que son trait frappe les gazelles
Comme son œil frappe les belles
    Toujours au cœur ?

TABLE

TABLE

ANVERS, IMP. J.-E. BUSCHMANN.